# Robert Munsch

Illustrations de
## Michael Martchenko

Texte français de
## Christiane Duchesne

Éditions Scholastic

Les illustrations ont été réalisées à l'aquarelle
sur du carton à dessin Crescent.

Le texte a été composé
en caractère Goudy Old Style MT, 20 points.

**Catalogage avant publication de Bibliothèque et Archives Canada**
Munsch, Robert N., 1945-
[I'm so embarrassed!. Français]

Ma mère exagère! / Robert Munsch ; illustrations de Michael
Martchenko ; texte français de Chritiane Duchesne.

Traduction de : I'm so embarrassed!

ISBN 0-439-95241-7

I. Martchenko, Michael  II. Duchesne, Christiane, 1949-
III. Titre.  IV. Titre: I'm so embarrassed!. Français.

PS8576.U575I5814 2005          jC813'.54          C2005-902992-7

Édition publiée par les Éditions Scholastic, 175 Hillmount Road, Markham (Ontario)  L6C 1Z7.

5  4  3  2  1    Imprimé au Canada    05  06  07  08

*Pour Andrew Livingston
et Taylor Jae Gordon,
de Cobalt, en Ontario
— R.M.*

— Nous allons au centre commercial, dit la mère d'André. Tu as besoin de nouvelles chaussures.

— AH NON! s'exclame André. Tu me fais toujours honte quand on va là, même quand tu dis que tu ne le feras pas. Alors, NON, je n'y vais pas!

— Cette fois, je PROMETS de ne pas te faire honte, dit sa mère.

— Tu dis toujours ça! rétorque André.
Mais il accompagne sa mère quand même,
car il a vraiment besoin de chaussures neuves.

Dès qu'ils arrivent au centre commercial,
la mère d'André s'exclame :

— Oh, André, tu ne t'es pas peigné
avant de partir!

Aussitôt, elle crache dans sa main et la
passe dans les cheveux d'André jusqu'à ce
qu'ils soient bien plats.

— AAAAAH! hurle André. Du CRACHAT! Ma mère a mis sa salive dans mes cheveux devant tout le monde! Quelle HONTE!

— Excuse-moi, André! dit sa mère. J'oublie toujours que tu es maintenant un grand garçon. Ne t'inquiète pas. Je vais faire très attention et je ne te ferai plus honte.

— Tu dis toujours ça! rétorque André.

André et sa mère se sont remis à marcher lorsque, tout à coup, André aperçoit sa tante.

— S'il te plaît, maman! supplie André. Ne dis pas bonjour à la tante Bécot!

— Mais voyons, André, dit sa mère, il faut que je lui dise bonjour!

Aussitôt, la mère d'André dit bonjour à la tante, qui serre André dans ses bras, à lui broyer les os

# CROUCHE

et lui donne plein de gros bisous mouillés

## sPLOUche

qui lui laissent le visage tout marqué de rouge à lèvres.

— **OUAAAACHE!** Des becs au rouge
à lèvres! s'exclame André. Des becs au
rouge à lèvres devant tout le monde!
Je vais mourir de honte!

André grimpe dans un arbre pour s'y cacher.

Sa mère et sa tante parlent pendant trois heures. Puis sa mère l'appelle :

— André, où es-tu? Tu vas te perdre!

Elle lève les yeux.

— Hé! Qu'est-ce que tu fais dans cet arbre?

— Je vais me perdre pour toujours si je reçois encore des becs au rouge à lèvres.

— C'est agréable de recevoir des bisous, dit sa mère.

— OUAAAACHE! fait André.

Après avoir marché encore un peu, André aperçoit son enseignant.

« Oh non, surtout, surtout, SURTOUT, ne laissez pas ma mère parler à mon prof! » se dit André.

Mais aussitôt, sa mère crie très fort :

— ALLÔ, MONSIEUR L'ENSEIGNANT D'ANDRÉ! André dit que vous êtes le meilleur enseignant qu'il ait jamais eu, nous sommes si heureux qu'il soit dans votre classe, voulez-vous voir des photos de lui quand il était bébé?

— AAAAAAAH! hurle André. Mes photos de bébé! AAAAAAAH!

— André, dit sa mère, place-toi à côté de ton enseignant. Je vais prendre une photo.

André court se cacher derrière une énorme poubelle.

— André, dit sa mère, pourquoi te caches-tu derrière cette poubelle?

— Mes photos de bébé! Tu as montré mes photos de bébé à mon prof! Tu me fais honte, super honte! Et tu avais promis de ne pas le faire.

— Bon, d'accord, d'accord, dit sa mère. Je vais faire très attention et je ne te ferai plus honte. Je suis désolée, vraiment désolée.

— Regarde, dit André, c'est ma copine Tania. Je vais aller la rejoindre, et toi, tu pourras faire tes courses toute seule pendant quelque temps, d'accord?

— Bonne idée, répond sa mère.

— Tania, dit André, je suis en train
de devenir fou! Ma mère exagère!
Elle va me faire mourir de honte.
Heureusement, maintenant que
tu es là, elle va me laisser tranquille.

— Ne te réjouis pas trop vite,
répond Tania, voilà MA mère!

— Tania, dit sa mère en arrivant près d'eux, est-ce que je t'achète la petite culotte rose ou la petite culotte jaune?

— AAAAAAH! hurle Tania. Des petites culottes devant mon ami!

André et Tania, rouges de honte, traversent le centre commercial en courant et sautent dans une benne à déchets.

Au bout d'un moment, leurs mères s'approchent et frappent sur la paroi.

— André, dit sa mère, qu'est-ce que tu fais dans cette benne?

— Je me cache parce que j'ai trop honte, répond André.

— Moi aussi, ajoute Tania. Je n'en reviens pas! Des petites culottes, sous le nez de mon meilleur ami!

— Voyons, calmez-vous, disent leurs mères. Vous ne devriez pas vous en faire à ce point-là pour des riens!

— Ah bon? rétorquent André et Tania. Alors, ne vous en faites pas non plus pour ça…

Les deux amis sortent de la benne et courent dans l'allée centrale en criant :

— Nos mères ronflent comme des ourses et mettent ça sur le dos de nos pères!

— AAAAAAAH! hurlent les deux mères, rouges de honte.

Et elles sautent dans la benne à déchets à leur tour.

André et Tania frappent sur la paroi.

— Comment pouvez-vous nous faire honte comme ça? crient leurs mères.

— Pas difficile, répondent André et Tania. ON N'A QU'À VOUS IMITER!